JN206098

歌集

高遠

市川八重子

七月堂

目次

高遠

満洲

伊那谷にて

歌集　高遠

高遠

雪の深さ

水にゆるるクレソンの葉のたくましさ赤さびいろに氷をまとふ

少年のわれをうらやむ電話のこゑ高遠の雪の深さつぐれば

震災に足止めされて過ごす日を信濃の蕗の薹をおもへり

崖(きりぎし)に信濃小桜むれて咲く南アルプス煙雨のなかに

歌の友にめぐりあひたるけふこの日ふたたび作歌せむと決意す

父母すでに亡しと告げらる　春近(はるちか)に満蒙開拓団の人訪(おとな)へば

春近は伊那谷の村満州に渡りし五千人長者夢みて

ひと旗を挙げむと渡満せる民に神官祖父も加はりにけり

大連湾旅順口(だいれんわんりよじゆんこう)　八十歳(はちじふ)を越えたる現在(いま)も忘れざる土地

大連より汽車に乗りつぎ行きゆきて曠野の真中に朝を迎ふる

わが祖父に小麦粉を乞ふ傭ひ人病む妻ありて粥煮るといふ

引き揚げを思ふ

日中友好三十周年を祝ひつつ敗戦の日がよみがへりくる

敗戦より一年ののち帰還せるわが前に佇つ父茫然と

博多駅に待ちたる父の姿みゆ生還したる我らを迎へて

音わるきラジオを人々うばひあふ　終戦つぐる天皇のこゑ

敗戦の勅語とともに蟬鳴けり満州に聞きしことなき蟬の

大人らの伏して号泣せる姿少女のわれは身じろぎもせず

病なる祖父に代りてリュック背負ひ船を下りたり八才の夏

針などもなき貧しさか中国人暴徒のひとりリュックより奪ふ

ロシア兵、中国兵らに奪はれて夏服のまゝ極寒に入る

隠れゐる頭の上を戦車ゆくロシアの国の侵攻なりし

歩哨戦ま近きをわれら逃亡すいつしか減りて三十六人

手榴弾の意味を知りたる少女われ祖母が握れる塊（かたまり）みつむ

無蓋貨車に雨は降りつぎ帰国船あるやいなやと葫蘆島（ころとう）めざす

血のにじむ心押しこめ敗戦より七十二年ひたすら生きき

遠ざけてきたる戦争体験を震災の日より書かむと思ひき

雨受くる無蓋貨車より捨てらるるみどりごありき　日本に帰らむ

貨車に運ばれ雨にたゝかれ引き揚げ船の港に着きき八歳の夏

砂まじる高粱（こうりゃん）がゆを日に一度与えられゐて命をつなぐ

雨がたゝく海辺にむらがるくらげむすう食べたしと叫ぶ幼きわれら

日の丸を塗りつぶされし輸送船　横たふる場もなくわれら詰めらる

高粱に混れる砂も飲み下す揺れにかたぶく船底にありて

凍み大根

藍いろの深き実なりき浅間ぶだう旅の心にながく忘れず

雪深き飯山なればわらび、ぜんまい高遠よりも太しといへり

吹きつけし絵具のごとく燃えさかるはぜ、にしき木、まゆみ、かへるで

焼き柿に麦こがし加へ餅となす山家のくらしの美味極めたり

茨城より新米届く「放射能汚染の心配なし」と書かれて

白じろと乾きて軽き凍み大根寒の陽ざしにやはらかに光（て）る

水仙のかをりたちくるこの朝（あした）逝きし叔母より賀状がとどく

やま桑の実

救急車はげしく揺れて鮮血は君の口より噴きだしやまず

内視鏡の検査をこばむ君の声きつぱりとして激しかりけり

シクラメンを贈る人らの名を挙げて君はICUに入りゆく

吸引管唇(くち)よりほとりとぬけ落つるすなわち君の逝くを知りたり

臨終を医師は告ぐれど義兄(あに)の目はたしかにわれを見つめてゐたり

やま桑のあかくうれたる初冬の庭　義兄（あに）の棺がはこばれてゆく

積む雪に義母（はは）の歩みのたしかなり四十九日の法要せむと

長生きを義母は嘆けど歌舞伎座の柿葺落しに声あげよろこぶ

歌舞伎座の柿葺落しに喜寿の手が米寿越えたる義母(はは)の手を牽く

山葵咲く

「おはよう」と高遠の子らおほごゑにわれらと行きかふ山峡の道

わが住める山家（やまが）の谷は芽吹かぬにしらじらとして山葵（わさび）咲きいづ

地を這ひて紅(あか)き草木瓜(しどみ)の花咲けり雪ののこれる入笠(にゅうがさ)山の路

めぐりみな代掻(しろか)き終へて水ひかるわが田はいまだ蓮華草咲く

山峡(やまかい)の棚田にひかる水の上さはさはとして水流れゆく

蓮華草を鋤きこまれたる代田にはさざなみ立ちて夕べ寒しも

ゆく春の雨やはらかに降りそそぎ葦の葉かげにとぶ青蛙

山法師花のかたちの際立ちて茶席の床に咲き定まれる

昏れどきを正しく知りてかうもりが縁の下よりバサバサと発つ

まくはうり黄に熟せるを待ちかねて採らむとゆけば猿が盗(と)りゆく

いやはてにわれに言ひたる母のことば「もっと甘えて欲しかったのよ」

麦の秋伊那路をゆけば庭さきも軒端の稲架(はさ)もあかるさに満つ

放牧の牛の牧場塩溜めに鹿ら来たりて塩をなめゆく

根芹

はろばろと立秋の風わたりゆく蕎麦の新芽の生ふる山畑

秋蕎麦の芽の出そろひし休耕田補助金指定の札立てらるる

ねんねこの背（せな）もりあがり稲束を子らはそれぞれ運びてゆけり

白菜に甘みしだいに加はりて風吹きすさぶ山のわが畑

北風の畑（はた）に根深（ねぶか）を掘りながら焼きたる時の甘さをおもふ

崖（きりぎし）を木の根がまきて育つさまくろぐろとしてわれに迫り来

根が延（は）へて草木瓜（しどみ）は冬に入りにけり入笠山より雪くだり来て

天竜の雪の川辺の晴れとほり白鳥降（くだ）る足たしかなり

冬川に積まるる石の細水に根芹生(お)ひゐてみどり目に沁む

新しき「家内安全」の札を受く蝋の灯りの流るる御堂

布子(ぬのこ)をもしりぞけたりし流人(るにん)絵島軒端のつらら解けざる日々を

五十枚ほどなる巻き葉白菜の芯より巻きて丸くなりゆく

根雪とけゆく

朝(あした)より雨ふりつゞくひと冬を積もりたる雪とけゆく速し

「生命(いのち)みな水に始む」と香川進歌ひしを思ふ　湧き水の辺(へ)に

しみじみと星仰ぎたりまつすぐにとどく光よ兄の忌日に

風巻きてふぶく吹雪のうつくしさ視界ことごとくとざしゆきたり

乾杯のシャンパンに義母(はは)の頬赤し「長生きも辛し」と言ふを忘れて

義母(はは)にひと夜添ひ寝したるが夜深く風呂を沸かせとふいに言ひだす

夜半(よは)起きて水飲むときのわが喉の音を聞くなり片方の耳に

十年を経てめぐり会ふ歌の友心病む子を持ちて働く

心病む四十二歳（しじふに）の子を夜警へと出だせる友に老いの迫れり

難聴をステロイドにて治療せり「ステロイド精神病」を病みつつわれは

縄文の谷

参道に旧(ふる)き石臼敷きつめしみ寺に伊那の生活(たつき)思ほゆ

義母(はは)を背に汗する夫を支へゆく十万匹のほたるの辰野

二尺あまりの竹の目ざるに梅を干すわが指先の赤く染まりて

洗濯も茶碗洗ひもまづおきて梅を干したり土用の朝(あした)

岩の層を縦にやさしく打つべしとわれは教はり貝塚を掘る

一日の暮れかかるころ貝ひとつ打ち出だしたり長谷村(はせむら)の谷

六枚の化石の葉脈あきらかなり長谷村はいまも櫟の多し

終日を呆けて過ごす義母(はは)にして鮪のにぎりはひと口に食む

右耳に人の言葉をとらへ得ず音のみ聞え四月(よつき)を経たり

右耳に音きこゆればよしとせよ　九十(きうじふ)歳余の義母(はは)われを励ます

暁(あかとき)を義母はおき出で亡き父のベッドに食事を運ぶしぐさす

一日の遊び相手を図書館へ借りにゆく夫　雨の日なれば

夫とわれの灯ともす夏の短か夜を時をり声かくたがひの部屋に

刃にさくりと快き(こころよき)かな土の香をゆたかにはなつ新じゃが芋は

山栗をひねもすあかずひろひけり待つ友ありて心たのしき

出雲大社

遷座祭迎へむとして本殿の籬の中の白砂に立つ

あかあかと松明燃ゆる夜の更けを大国主命の神降ります

木の香たつ出雲大社は夜の空にそそり立ちたり　遷座はじまる

遷座祭の闇深くしてわれらみな大国主命（おほくにぬし）を膝つきて待つ

闇深し　頭（かうべ）をたるるわが前を大国主命はおごそかに過ぐ

本殿のそそり立ちたる切妻が空に伸びゆく出雲大社

遷座祭の神事にともなふ真菰膳*（まこもぜん）　白木の膳のすがしき朝（あした）

*六月一日衣更の神事の食事

おほどかに遷座の声の渡りきて垂るる頭（かうべ）を過ぎゆく神はも

檜皮（ひはだ）葺きの香りあたらし　ふるきそをわれら賜はる家の守りに

鳳仙花

保険証に臓器提供を書き入れたり　静かなりけりわれの心は

尊厳死宣言に名をかきをへてふかぶかとわれは息を吸ひこむ

からまつが夕陽に映ゆる黄金色(こんじき)を絵島もみたり杖突峠

ひと束をまたひと束の稲を苅る山の際までつゞく棚田に

鳳仙花「張小娘(ちゃんしゃおじえ)」の爪に染め伊那谷はいま刈取りの季節(とき)

天空の湯に身を延べたり　塩の道秋葉街道のぼりきたりて

煮りんごがすきとほる瞬間(とき)火を止めむ　気を張りつめてわれは待つなり

あざらけき色に心のはづむなり雪の下より人参ぬけば

積む雪になほ降りつもるわが窓辺綴茶装（てってふさう）をひねもす作る

「塩の道」に賑はひし頃の高遠の地誌よみつぎてわが冬を越す

かへりくる谺のこりて芽吹きには遠き冬木に消えてゆきたり

満洲

満州（一）

十三歳（じふさん）になりし朝（あした）を出征す満州開拓団山崎村の光（ひかる）

もろこしが空に向かひて稔る日を待たず男ら戦ひに出づ

ロシア軍が満州を攻むる八月九日「ポツダム宣言」日本受諾す

蟬しぐれたえまなき昼終戦の勅語を聞きたり満州の野に

*八路軍(はちろぐん)山の上よりなだれうつ暁(あかとき)待てる大石橋(たーしーちゃお)に

*第二次大戦中の中国共産党の呼称

ことごとく鉄橋壊せし関東軍*逃げのびゆけりわれらを贄(にへ)に

*第二次大戦時、満州国関東州に駐留した日本軍

八歳のわれは身体(からだ)に土を塗り髪をおろして暴徒に備ふ

冬の雪頭上に重くうごかざり　夜更けてこごゆわれの五体は

銃音（たまおと）のしきりにひびく土の壕ちひさくなりてわれらは潜む

凍る夜を敵味方なく屍（かばね）踏み新京（しんちん）*市街を逃れゆきたり

*現長春。満州国の中心地であった

銃剣を刺して遺体を積みあぐる満州新京の勝者の兵ら

朝ごとにトラックに積む百の遺体　がらがら、がらと音を立てたり

自決せり。*佳木斯（ちゃむす）の二千三百余名、方正ロシア軍捕虜収容所にて

*満州奥地の開拓団のあった場所

紫陽花の花にて埋めたし自死したる友の富子の細き首はも

ロシア軍の戦車四十両を爆破せるは日本の学徒兵千六百八十人

満州（二）

*牡丹江（むーだんじゃん）に六万人を守りたり学徒出陣せし二千名

*北満州要衝の地

爆雷を身にまきつけて学徒兵敵の戦車に飛び込みゆけり

「マンマー」と叫びて斃れたる兵士爆破されたる戦車を落ちて

中国人と結婚したる二千三百余名　方正ロシア軍収容所にて

結婚は生きゆくために他ならず　をさな子多く持てる女ら

ロシアより奪ひしダ*ーリニを大連（だいれん）と呼びて日本が支配しをりき

*日露戦争後より日本が租借してきた

冬の風べうべうと弔旗吹き抜けて破れはためく大石橋に

霜の朝槐*（えにし）のかげの大き家に弔旗ちぎれてさがりてゐたり

*ニセアカシア（針えんじゅ）

「ダ*ワイ・マダム！ダワイ・マダム！」と呼ぶ声のロシア兵の口奥まであかし

*寄こせ婦人

をさなごを救はむとしてわが祖父は時計を渡せりロシア兵士に

つぎつぎに老人（おいびと）をさなご死にゆけり発疹チフスの蔓延すれば

食料も薬も乏しき収容所朝（あした）に死者の百人越ゆる

をさなごの泣き声絶えたり　満州の空気凍（こご）れる冬を死にゆく

破壊されし巷（ちまた）に並ぶ露店より饅頭（まんとう）うばひてむさぼるをさなご

電流の鉄条網めぐらし隠れ棲む夜(よ)を敵兵の靴音たかし

ロシア兵か中国兵か　国境の鉄砲の音に耳敧(そば)だつる

音たてず走れと祖母の声きびし闇夜三里の街までの道

草高き川沿ひの土手音立てずひた走りたり暗闇の夜

闇の夜の集団逃亡誰もたれも黙して走る　宙に浮くごとし

肌白き男子連れゆきそのはてに女子にあらずと殺さるを見き

ロシア兵の銃剣われに光るとき土に額づき命乞ふ祖母

幾たりがたどりつきたり船の待つ葫蘆島(ころとう)めざす無蓋貨車まで

日本人の凍れる屍(かばね)敵兵が蹴りつゝゆけりガランと音す

アキ先生中国人に嫁したるがかならず日本へ還ると言へり

新京に葬らるるは幸せといふ　凍土に死児をのこしきし女

二千体焼きし満州の湿原に姫百合の朱わが目を射ぬく

昏れがたき空の棚雲満州の野に焼く遺体にかげりて来たり

二千体焼きたる骨を拾ふなりたれの骨ともわかたぬものを

饅頭（まんとう）を得むと先生結婚す　やがて生徒らに届く饅頭（まんとう）

帰還する妻と子送り中国の夫が手渡す炒りたる豆を

満州（三）

新京（しんちん）の興安大路*　中国人の叫ぶ声する「マケタクセニナンタ！」

*現西安大路

血を流しまろびつつゆく女たち　ロシア兵が繋ぎ曳きゆく

「勇気出せ」「たれか助けよ」口ぐちに叫べど誰も女を救はず

草原を覆ふあきつの群れのなかに帰還を待てりふたゝびの夏

茫々とあきつ飛びかふ満州を往きゆくわれらに陽ざし激しき

こうりゃんの畑にひそみこうりゃんをもぎり呑みこむ音をたてずに

呼びかはすことはかなはず銃身のきらめく黍の葉陰にかくるる

乳欲りて泣く児の口をふさぎつつ畑にうつぶす母は祈りて

湿原を這ひて進めりひたすらに母在る日本に還るを願ひて

死の神の歓声のごとき葉ずれの音、あまたの人を呑みこむ湿原

湿原を駆けもどりゆく母親が捨てたる吾子の亡骸求めて

豌豆に似たる槐(えにし)の実を食ぶ口にひろがる青き香ほのか

木に登り槐の豆を我にくれし友も匪賊に撃たれて死せり

*錦州(ちんちょう)へ牛馬を運ぶ貨車の中蒸し風呂のごとし　赤子息絶ゆ

*出航地葫蘆島近くの街

剃りあげし頭にぞくぞく這ひのぼるしらみに耐ふる密室の貨車

はつかなる茜にじみて霧深し運ばれてゆく錦州行き貨車に

獲らむとてわれら棒もて叩きたり葫蘆島(ころとう)湾に群れなす水母

船艙に眠らざる日のいく日か帰還かなふ日待ちこがれつつ

銅鑼もなくテープもなくてしみじみと帰還の船に波を見てをり

合歓咲きてわれらを迎ふるふるさとにやうやく着きたり夏終はるころ*

*昭和二十一年八月三十日

藜むさぼる

いかにして生還したるか　誰(たれ)もみな問ひたゞさむとす語らぬわれに

七十年守り来たれり　中国人に嫁したる友をわれは語らず

ロシア兵がわが手つかめる感触の三十歳(さんじふ)近くなりても消えず

床下を掘りてひそみきロシア兵が暴徒となりて襲ひ来たる夜

雑草(あらくさ)の藜(あかざ)をわれらむさぼりたりほうれん草に似たるその葉を

降りしきる雨の貨車より赤子抱き飛び降りたりき乳出ぬ母が

死してまだ温(ぬく)き人より服をはぎて金に換へむと児が走りゆく

五円玉ほどもありしか雨つぶがわれらを叩く屋根なき貨車の

荷駄をひく馬の肉喰ひし満州思ふ伊那黒河内（いなくろこうち）牧場の馬に

深く澄む馬の瞳（め）脳裏を去らざりき　荷駄ひく馬を喰ひたる時の

下伊那のなかの「満洲」 —三人の女性の談話より—

「関東軍、*なに守ったたんな」ふみが叫ぶ。満州開拓団*飯田屯（いいだとん）より還りて

*方言　何を守ったのか。　*飯田（長野県）村の意

ロシア軍の支配決まりし八月二十一日、敗戦知りたり*上久堅（かみひさかた）開拓組合

*長野県上久堅村

新京に二十万人集れり。をんなとをさな子、老人老女*

*十三歳以上の男性は全て応召した

食料も水も尽きたり新京にたどり着きたるおほかたの人は

夜に入りて奉天駅とおぼしきに停まれば匪賊が襲ひ来たれり

子の命中国人に托したり食ふもの飲み水尽きたる日々を

「赤ん坊、みな死んじょるよ。*はなっから居ないと思へ」大き声する

*初めから

零下四十度床のこほれる新京（しんちん）の収容所なり　陽射しもうすし

乞食のごとき綴れにわれ先に貨車にとりつき乗り込まむとす

「盗られるものなくて気楽よ」うそぶきて寒さにふるへる身を寄せあへき

息せるか隣りの人に母が聞く。負ひし子を打つ大粒の雨

看護婦の記憶なくせり敵兵が友の髪つかみ引きまはす見て

*河野団に疎開をしたり純(すみ)の親子東京空襲はげしきをさけて

*満州東北部開拓団の一。一九四五年四月入植

純の父母(ふぼ)、祖父母襲はれ死にゆけり。収穫見ずに敗戦むかへて

中国人の子となる道を選びけり死を逃れむと十四歳（じふし）の純（すみ）は

たつおらの五人の兄弟残さるる　祖母、父、母ら自決し果てて

苦力（クーリー）*となりしたつおとしょう兄弟　弟妹（おとといもうと）を養はむとす

*中国の肉体労働者

生くることを唯一として中国人に弟妹（きやうだい）四人たつおは托す

飢え死をしたるは王家屯（おうかとん）*開拓団員百五十三人なり

こいとりいと音がきこえて用たせる形のまゝに「かね子」息絶ゆ

*中国東北部

弟と父、母、姉の亡骸（なきがら）を松花江（＊そんふぉわんじゃん）の流氷もち去る

＊中国東北部の大河

をさなごを抱きて媼は入水せり　児の父と母チフスに逝きて

伊那谷にて

伊那谷にて

あかつきの空に向かひてこぶし咲く木の下をゆくわれを照らして

雪いまだのこれる伊那の豊岡へりんごの摘果を手伝ひにゆく

山桜古りたる二本たえまなくわが家の庭に隈なく散れり

水張りし田毎に月のゆらめきて五月(さつき)の闇にほのかにしろし

月光(つきかげ)の照らせる代田すみわたり水鶏(くひな)一羽が餌をあさりゐる

濡れながら「恵みの雨！」と声あぐる、さおり[*]待ちわびる村人たれも

＊さおりは田植を始める日の祝い

朽ちはつる山の橋染め川を染め橡（つるばみ）の花ふりそゞきたり

夏霧にぬれて冷たしまたたびの埋めつくしたる谷間を来れば

からまつにからまりて咲く蔓あぢさゐひときは白しその花むらの

夫が背負ふ義母(はは)がはづみて声をあぐる　ほたるいくたび手に来て灯れば

仲仙寺に絵馬納めたり商人(あきうど)ら木曽に伊那米運びし朝を

終(つひ)の蔵(くら)壁しろじろと湿りもつ一茶の生活(たつき)おもへりしばし

八十歳(はちじふ)を過ぎて奉職する君を嘲(わら)ふ人あり　怒りを覚ゆ

＊麻釜(をがま)にて洗ふ野沢菜　たちまちに緑の香り辺りに満ちて

＊源泉の湯場

義兄(あに)の骨ひろはむとして箸をもつ卒寿の義母(はは)のたしかなりけり

猪の吐く息ふぉーと聞えくる軒端に続く芦の沼より

裸木となりて楓は冬に入る風の匂ひの変はれる朝(あした)

柚子の香をふゝみて冬の陽がとどく病みたるわれの頬あたためて

老杉

白秋の小河内村をうたふ百首　ダム建設の反対を叫ぶ

むしろ旗おし立て政府に訴ふる人らとともにま向ふ白秋

奥多摩の湖底に沈みし村の叫び　老杉つゞく道にきこゆる

小菅村・奥多摩・丹波山町・甲州市五十六パーセントが湖に沈みき

移轉せる世帯九百四十五。　東京都民に水送るため

二十年かゝりてダムを完成す日本一なる小河内ダムは

ダム工事に二十年を費やしたり工事に逝ける八十七名

梗塞にふたたびもつるる舌にて言ふ次男の余命一月(ひとつき)なりと

落ち柚子の香り染みたつ庭にあればその香たちまちわが身を覆ふ

海にむかふ

朝霧の楢の葉末にしたゝりて流人絵島の墓を濡らせり

くきやかに蔦もみぢするはるか向かう霧につつまるる入笠山は

雪の上に餌を探せる鴨の子のたそがれゆけば集まり来たる

波がしら白くたちたる天龍川芥もろとも海にむかへる

諏訪の町をおほへる雲よりもれいづる光はまぶし　峠をくだる

てんたう虫生き生きめぐるパンくづのこぼるるあたり　秋の夜ふかし

雪積める畔に生ひたる福寿草　黄なるつぼみは筆の穂のごとし

漱石の本を好みて読む子あり『こころ』につきていくつも問はる

雪積みて人の形をなす白菜　ますぐに二列ならびてゐたり

中央アルプス南アルプスそれぞれに雪ぶつかりて伊那谷に落つ

遠野

山ぶだう、君とつみたる日の遠し雪の栗駒山（くりこま）「はやて」にて過ぐ

遠野駅三月尽くるにわが吐きし息がかすかに白く流るる

をさなごの馬にいだかれ笑みてゐる南部曲がり家(や)板壁の絵に

さいかちの一尺ほどの豆のさや触るれば乾く音をたてたり

ねずみ色の古りたる堂に納めたる絵馬みな河童の姿に彫らる

さいかちの実にて衣類を洗ひたる生活(たつき)を語る遠野のおみな

みづからのくびりし子らに供へしは乳房の形の食物袋

貧しさに淵に流せるみどりごの像祀らるる　みな磨耗せり

飢饉につぐ飢饉に赤子を流したる河童淵　澄みてながるる

六十歳（ろくじふ）を迎ふる老人（おいびと）おのづから入りゆけるとぞ　遠野でんでら野

でんでら野と伝ふる跡に炉をきづく茅の小屋あり丘の入り口

寺山修司記念館

「りんごだよ」「かりんの花です」九条映子と寺山修司の文のたのしき

展示室の机の引き出し開(あ)きてあればそつとのぞきぬ修司の世界

母去りてひとり住みたる三沢基地　寺山修司十三歳なりき

母の香を愛（いと）しみ部屋を掃かずおく母の髪の毛一すじありて

朝採（ど）りの若布をたまふ三陸の普代（ぶだい）駅より乗りたる女（ひと）に

津波より四年を普代の父、母の世話に通へり鮫（さめ）に住む女（ひと）

明治天皇飲み給ひけり野辺地にて清くつめたく湧きいづる水

野辺地の友きつぱりと言へり基地なくば三沢はたゞの田舎町なり

羽広観音

五月六日、ひときは賑はふ仲仙寺　千二百年の扉(と)開かむとする

ぐっとわれらを睨みたちたる仁王像　阿・吽二体が左右にをさまる

仏陀よりとゞく五色の糸を持ち耳の聞えをもどせと祈る

やまぼふし羽広観音を包みつつにはかの雨にくきやかに咲く

千匹の馬をえがける五疊の板　涙こぼす目、跳ねる脚あり

二輪草むらがり咲きて観音の衣（きぬ）に匂ひのほのかにとどく

昏れゆけば潮となりて人ら去り伽藍守護神仁王もねむる

くれなゐの筏となりて糸桜池に浮きたりふいの吹雪に

携帯電話

われのことおぼえてゐるかと呼びかくる柿の木見あぐる義母(はは)にむかひて

「お義母(かあ)さん」呼べど黙せり柿の木に手をのべじつとたたずむ義母は

「ねえや、柿、まだ青いよ」と言ふ義母（はは）よをさな返りをしているらしき

学校にまた通へると義母ははしやぐふれあひの家は桃井第三小学校

たうとつに「ふるさと」の曲が鳴りはじむ義母がかけくる携帯電話

かたくなに送迎こばみてふれあひの家へゆくなり義母（はは）は歩きて

「歩夢くん、麻雀しましょ」いきいきと義母は曽孫（ひまご）にさそひかけたり

高遠の温泉（ゆ）に入りたしと呆けたる義母がはつきりわれに告げたり

伯父の逝きし窓いっぱいに群れ咲きて蝋梅おもく雪積もりたり

いくたびも義母(はは)は言ふなり夕ぐれを昼に食べたる天ぷらのこと

燈籠祭り

きりぎしの桟道上れば切妻の鉾持（ほこじ）神社は目眩（めくら）むごとし

燈籠と丹塗りの柱輝（て）りあへり鉾持神社の参道のわれも

参道のなだりも町も燈籠のともり続けて神を祀れり

守屋山いただきの岩にぬかづきぬ　諏訪大社の神宿りゐませる

夏芽照りてくきやかなりし櫟山耳鳴りのごとあぶらぜみ鳴く

しやあしやあと熊蟬鳴きて暑さ増すまひるまをゆく鈴懸けの道

水面を叩き過ぎたる雨のあとせめぐがごとく鳴けるかなかな

影法師

水抜きて田の土用干し行ひたり稲の根たしかに張るをねがひて

あかときの硝子障子に人かげの近づきくるはわが影法師

教員の免許取得に介護体験身につくるべき時代となりぬ

実習生が嚥下体操(えんげたいそう)を実践すぎこちなき姿真剣なりき

平戸

鄭成功(ていせいこう)の宮の梛(なぎ)の木くれし女(ひと)「かはらぬ千代のためし」*と言ひて

*藤原定家、熊野にて詠ふ

はげしかるあかき平戸の大橋をわたればば緑の台地つづけり

九十島（つくもじま）、 壱岐も望める草原を東シナ海の風ぬけてゆく

平らかに草丈つゞき日に輝（て）れる河内峠みどり果てなし

平戸島広き台地のかくありて歩き歩けり河内峠

山も海も清き平戸と吉井勇歌ふ峠に湾を見わたす

疾風（はやて）過ぐる平戸教会ビードロの窓にはめたるビードロの鳩

大子の米

長月の雨に草石蚕(ちょろぎ)が咲きにけり　紫蘇の香りをただよはせつつ

巻き貝のちひさき形のちょろぎの根刷子(ぶらし)で泥取る子の指赤し

はららごのひと粒指につまみあげそつと呑みこむわがをさなごは

おほみそかのグループホームいきいきと膳に向かへり老人(おいびと)たちは

老いたるが太き指にて開(あ)けくるるペットボトルの蓋の固きを

放射能の汚染はなしと駅前に若者が売る福島産野菜

大地震（なゐ）に送りし水の返礼に毎年賜はる大子（だいご）町の米を

義母（はは）の介護終へてもどればあたたかき空気のごとき夫が迎ふる

甘さすこし醤油の味しみてゐる伯母の炊きたる鰤大根は

ひそひそとさゝやくごとく静かにて伊勢路の雪の降り積みはじむ

夜ふかきに明るむ窓に起きだせば五月の垣に雪降りつもる

夜の路をたどりてゆけば里山の奥に灯(ひ)ともる窓ひとつあり

五年経て

＊平成二十九年三月浪江町に帰宅勧告降る

四メートル道路が隔つ。浪江町(なみえまち)に立ち入り禁止区域と帰宅予定区域

津波より五年を経たる広野・楢葉・竜田　フレコンパック増えつゞけゆく

蕗の薹ほほけて一尺ほどに伸ぶ竜田に人の気配のあらず

田の畔に地蔵尊のたちゐたり竜田の空は灰いろの雲

海に向かひ歩きゆきたり四キロを原子力発電所見ゆる場所まで

種を撒く人なき田畑続きゐて山砂まかるる除染の手だてに

豊間地区をたづぬる今日を思ひけり蓼科に避難する三十二名を

いわきの子皿に茶碗、湯呑みなど夫に習ひてひたすら作る

復興の願ひに「きぼう」と名づけたり　避難地に生（あ）れしごまふあざらし

メール

雪どけの水ほとばしる神の杜クレソン群れてあをあをと生ゆ

吐く息のたちまち霜となる朝寒(あしたさむ)に入るなり大根を干さむ

夫よりメール受信すしゞみ蝶の部屋に入り来てとまれる写真

花札を繰る手も百人一首拾ふ手もたしかなり義母の正月

わが肩に胡蝶のごとく白梅のとまれる元旦東風の風吹く

百人一首を競ふたのしみ子らと持つ。つひに負けたり今年の春は

晴れわたる大空あふぎ輪飾りをはづさむとする正月八日

アララギ

にはか雨中洲の砂を叩きすぐ　砂にむすうの穴をのこして

指の間(ま)より砂さらさらとこぼしゆくをさな子われを夢にみてをり

海にそそぐ天竜川の音聞こゆ伊那谷深く静もる闇に

玉石の間(あひ)に息づくひかり苔陽のさしくれば藍にかゞやく

夕あかねかゞよふ千丈岳の峰明日も晴れむと大根を干す

油瀝青(あぶらちゃん)黄に咲く山路春あさくからまつ穿ち水採る人あり

アララギは一位のことと知りたるや夫が問ひたり峠越えつつ

伊那谷の人びと一位の木を植うる子の誕生を待ちてその日に

野焼き

うすら氷を跳ねあがりたる公魚（わかさぎ）の諏訪湖いちめん霞たなびく

素魚（しろうを）のほそきに力強きかな網に跳ねをり朝日に光（て）りて

高遠の田畑の畦に野焼きする春の農事の虫やらひなり

そこここに顔がほころぶ五加木（うこぎ）飯を娘らはこぶ野焼きのひるげ

卯の花

卯の花の岩間を埋(うづ)めむれ咲きて谷いちめんの華やぎにけり

諏訪の湖(うみ)をとびたゝむとするみさご一羽片翼(かたはね)おほきくみなもを叩く

蛙(かはづ)鳴く声さわがしき五月闇山室川はうすあかりして

新種なるトマト「アイコ」と呼びたるを梅雨にぬれつゝあまた摘みとる

いわき薄磯

乾きたる波のあと見え白壁の土蔵残れり久之浜（ひさのはま）地区

防潮堤にのぼりてのぞむ海ばらの利休色なす静かなる波

五年経てやうやくわが家に戻るとふ久之浜仮設店舗の女(ひと)は

「引く波に海の底見たり」と力こめ薄磯(うすいそ)の語り部つぶさにかたる

わが命守らむとして老婆の手つひに放してしまひたりとぞ

津波より五年を経たる薄磯（うすいそ）を訪へば椿のあかく群れ咲く

薄磯の賽の河原も日（にち）にちの生活（たつき）もなべて津波にのまるる

果てしなく防潮堤を築きあげ海なき町となりゆく久之浜

道祖神

地層より太古の海水噴き出でて塩を作れり大鹿村(おおじかむら)は

谷深く雪に埋もるる大鹿村　夏は空いろの罌粟(けし)の花咲く

野仏のいくつ並びて茶碗酒の供へられたり雪しきり降る

「村の子もよく心知りにけり」迢空歌ひしまぐはひの神

石を積む　天までとゞけ　駒ケ根の賽の河原に雪降り来たる

南アルプス戸台の平(たひら)雪道を尾のある人のあらはるるかと

すぐそこに太古がみゆる美和湖畔中央構造線の露頭つぶさに

冬晴れにさへづる小鳥の声とほし猫と二人のうたた寝のとき

あをく光(て)る月のひかりが膝のうへに届きて最終バスを待ちをり

咳すればこだまとなりてかへりくるひとりの咳は一つのこだま

寒(かん)の入りをみしり音立つ古家(ふるいへ)の棟(むね)ゆつくりとはひのぼる蛇

大雪に竹裂くる音ひゞくなり夜更けて暖炉に薪をくべる

刈り取りの終りたる田にたまりゐる水にあめんぼ輪を描きをり

五月闇　山室川のあはあはと川明りして見ゆるはさびし

青崩峠

白楊(どろのき)の直ぐに伸びたる枝の先夕昏れの月しろじろといづ

青崩峠(あおくづれたうげ)に立てばもみぢする白膠木(ぬるで)が伊那谷をおほひてゐたり

ほのぼのと燈籠いくつともりゐて実りの多き秋をことほぐ

年齢(とし)を重ね知らぬこと多し。空蟬の殻落つる谷間すぎつつおもふ

竹の音　かあんと空にひゞきけり積もれる雪をはねあぐる瞬間(とき)

ふゞく雪町の灯(あかり)に照りはえて里山の昏(く)れ歩む人なし

雪ゆるむ畦みちゆけばあはき緑(あを)いくつ見えたり　蕗の薹咲く

随道に氷柱(つらゝ)下がりて薄き陽にきらめき見ゆる　春近かりき

どんど焼きの庚申塚に集ひくる炒り子、生酒、餅など持ちて

「地中海」（短歌誌）時代

新野

鉄骨のあらはに見ゆる吊橋の下ゆく川の激しく流るる

山ふかく入り来て新野の雪深し。山に向かひてほゆる赤鬼

山襞にしみいるごとしビンザサラに村人をどる古きをどりを

からまつの冬枝つよく天をつく、とゞむることなくふりつぐ雪に

山村の軒端に干せる大根の細ぼそとせり陽ざしのなかに

少年のくれたる人形　曇り日をあはくうけつつ青じろみたり

鳩車求めて宿の廂(ひ)に入りぬ　そを撫ぜ信濃の生活(たつき)おもへり

落葉つむ山路もどりぬ　雪祭のビンザサラの音胸にひびけり

鳩車たまひし人逝く。その君の遺稿に信濃のうたのありけり

寒椿

大和原野雪に馬酔木(あしび)の咲きみつるいづくに続くやこの路のはて

鹿を追ふ角笛ひゞく春日山鹿のひとみのふかぶかと澄む

寒椿あかく散りゆく夕映えの山路に春の息吹の至る

大きなる汝が手に摘まれし一寸ほどの蓬のあはきあたゝかきあを

くま笹の笛の音[ね]　幼き日里にあそびしにほひ満ちをり

霧のなかに楤木(たら)の芽いくつみつけたりかすかに光とまるあたりに

ばうばうと霧たつ御坂峠ゆく人らの足音霧にのまるる

灰色にくれゆく春の水鶏(くひな)の頸あはき青色おびてゐたりき

ぬれそぼつ納骨堂の刻み字にこぶしがしろく影おとしゐる

憶良らも摘みたる蕗の薹なりき。元日の庭雪の残れり

矢車の花

くれなづむ海にむかひて君が声近ぢかと感ず仄暗き中

落葉する朝の山路をたどり来て心やさしくなりゆくわれは

矢車の花をくばりて生徒らに「啄木のうた、こひ」を語りぬ

われよりも丈たかき生徒らのとりかこむ声のかはらぬ生徒もありし

あしび咲くいしだたみ踏めば岩に散る滝たうたうと春の雪ふる

海草の浜くろぐろと続きゐて波のしぶきに犬吠えつづく

雲もゆる夕べ佇ちをり飛ぶ鳥が空に一つの点となるまで

風すでに冷たくなりて柚子の実の堅き青さの目にし沁み入る

病むひとの頬に光のしばらくはとどまりてゐる冬の陽やさし

あとがき

『高遠』は、私の第一歌集です。歌誌『相聞』（中西洋子編集・発行）に発表した作品（二〇一二年四六号から二〇一六年六二号まで）を主にまとめました。なお巻末に二十代前半、歌誌『地中海』（師・岡野弘彦の勧めで参加）に発表した作品も少々含まれています。

五年間という年月は短いようですが、中西先生の手厚い指導のもとで私にとっては凝縮された作歌の時間でした。二十代に辞めた作歌を七十代後半になって再び始めることになりました。

その直接のきっかけは、阪神淡路大震災の報道でした。「震災と戦争いずれが悲惨ですか。」と問うリポーターに、愛新覚羅浩（あいしんかくらひろ）さんが、「震災は助け合いがございます。戦争はただ憎み合い殺し合うのみでございます。」と答えておられました。むごい質問だと痛感しました。満州国皇帝の義妹で、日本の皇族の血縁という立場。四才と七才の二児を連れての逃避行。こういった背景の予備知識を持たない質問だったのでしょう。

私はこの時、自分の戦争体験をうたう事でその一部でも伝えたいと考えました。沈黙を守って来たのは間違いだったと気付いたのです。

その二年後、「相聞の会」を知る機会を得ました。相聞の会で幼少時の満州

りました。

体験をうたいながら、一方、昨今の不穏な社会情勢にも不安を感じるようにな

そのような折、先生より満州における体験は今の時代に大変貴重なものだと思う。折をみて一冊にまとめるといいですね、との助言がありました。

その作品を歌集にまとめるのは大変な勇気が必要でした。しかし、先生の激励と、「相聞の会」例会における仲間との意見交換から得られた刺激などが、私を後押ししてくれました。

歌集名『高遠』は、古代「塩の道」として商業の中心地であり、秋葉信仰の街道の起点でもあります。何よりも高遠を生活の基盤としてうたい続けようとしている私の終生の命題を示しているものなのです。「幸せは、自身の心から」とは死線をくぐり抜けて生きのびた私の処世訓です。また、この題名にはこの地、伊那谷から満蒙開拓に出られ満州で亡くなった方々への鎮魂の意も込めております。

この本を出版するにあたりましては、ご指導下さった中西洋子先生と「相聞」の仲間達をはじめ、校正の労をとって下さった杉浦加代子さんに心より御礼申

し上げます。また七月堂の知念明子様、岡島星慈様はじめスタッフの方々の惜しまぬご協力をいただきました。深く感謝申します。
　最後に原稿の清書などいとわず協力してくれた市川富代さん、歩夢さん、ありがとうございました。

市川八重子

平成三〇年　弥生かぜ光る日に

市川八重子（いちかわ　やえこ）

一九三七年十月三十一日　東京都生まれ
一九四二年正月　満州に移住
一九四六年八月　日本へ帰還、三重県伊賀市に住む
一九五七年　香川進主宰「地中海」に入会（一九六一年退会）
二〇一二年　中西洋子編集・発行「相聞の会」入会

國學院大学文学部卒業
國學院大学久我山高校国語科教員として奉職

現住所　〒三九六―〇三〇四
長野県伊那市高遠町山室三三五八

歌集　高遠

二〇一八年三月二七日　発行

著　者　市川　八重子

発行者　知念　明子
発行所　七　月　堂
〒一五六―〇〇四三　東京都世田谷区松原二―二六―六
電話　〇三―三三二五―五七一七
FAX　〇三―三三二五―五七三一

印刷・製本　渋谷文泉閣

©2018 Ichikawa Yaeko

Printed in Japan
ISBN 978-4-87944-315-1　C0092

乱丁本・落丁本はお取り替えいたします。